TABLEAUX

ET

DESSINS MODERNES

COMPOSANT LA COLLECTION

DE

M. BREITHMEYER

VENTE

HOTEL DROUOT. SALLE N° 3

Le Lundi 1er Mars 1869

EXPOSITION PUBLIQUE

LE DIMANCHE 28 FÉVRIER, DE 1 A 6 HEURES

Me BOUSSATON, Commissaire-Priseur.

M. BRAME, Expert.

CATALOGUE

DES

TABLEAUX

ET

DESSINS MODERNES

Composant la Collection de

M. BREITHMEYER

DONT LA VENTE AURA LIEU

HOTEL DROUOT, SALLE N° 3

AU PREMIER ÉTAGE

Le Lundi 1ᵉʳ Mars 1869

A 2 HEURES 1/2 PRÉCISES

———————

PAR LE MINISTÈRE DE **Mᵉ BOUSSATON**, COMMISSAIRE-PRISEUR

7, RUE LE PELETIER

ASSISTÉ DE **M. BRAME**, EXPERT, 47, RUE TAITBOUT

———————

EXPOSITION PUBLIQUE

LE DIMANCHE 28 FÉVRIER, DE 1 A 6 HEURES

———

1869

CONDITIONS DE LA VENTE

Elle sera faite expressément au comptant.

Les adjudicataires payeront cinq pour cent en sus des enchères, applicables aux frais.

DÉSIGNATION

TABLEAUX

ANASTASI & ROUSSEAU (PH.)

1. — La Mare aux canards.

H., 27 c.; L., 48 c.

BERCHERE

2. — Halte de la caravane.

H., 25 c.; L., 42 c.

BREST

3. — Constantinople.

H., 33 c.; L., 50 c.

BRION

4. — Famille alsacienne.

H., 47 c.; L., 64 c.

BROWN (J.-L.)

5. — Episode de la guerre de Sept ans.

H., 16 c.; L., 21 c.

COROT

6. — Le Matin.

H., 38 c.; L., 47 c.

COROT

7. — Paysage.

H., 37 c.; L., 48 c.

DAUBIGNY

8. — Village au bord de l'Oise.

H., 23 c.; L., 39 c.

DAUBIGNY

9. — La Mare; Auvers.

H., 38 c.; L., 67 c.

DAUBIGNY

10. — Vue prise à Auvers.

H., 24 c.; l., 44 c.

DIAZ

11. — Vaches allant boire ; effet de matin.

H., 29 c.; l., 42 c.

DIAZ

12. — Sous bois; Fontainebleau.

H., 38 c.; L., 52 c.

DIAZ

13. — Paysage ; Soleil couchant.

H., 46 c.; l., 70 c.

DIAZ

14. — Allée dans la forêt.

Gravé par Marvy.

H., 21 c.; L., 16 c.

FRANÇAIS

15. — Paysage.

H., 52 c.; L., 36 c.

FROMENTIN

16. — Chasse à la gazelle.

H., 28 c.; L., 42 c.

FROMENTIN

17. — Chevaux rentrant à l'écurie.

H., 32 c.; L., 56 c.

FROMENTIN

17 *bis*. — Le printemps en Afrique.

H., 32 c.; L., 40 c.

ISABEY

18. — L'Alchimiste.

H., 25 c.; L., 33 c.

JONGKIND

20. — Hollande ; les Moulins.

H., 32 c. ; L., 43 c.

JONGKIND

21. — Hollande ; effet de lune.

H., 23 c. ; L., 31 c.

JACQUE

22. — Poules ; Coin de cour.

H., 17 c. ; L., 24 c.

JACQUE

23. — Le Fléau.

H., 62 c. ; L., 83 c.

MONFALLET

24. — Un Thé.

H., 42 c. ; L., 60 c.

MONFALLET

25. — L'Amour au village.

H., 35 c. ; L., 57 c.

PATROIS

26. — La Brouille.

H., 60 c.; l., 48 c.

PATROIS

27. — La Recrue.

H., 32 c.; l., 24 c.

PASINI

28. — Halte de cavaliers syriens.

H., 20 c.; l., 36 c.

PÉCRUS

29. — Jeune femme lisant.

H., 22 c.; l., 16 c.

PRUD'HON

30. — Vénus, l'Amour et l'Hymen.

Donné par *Prud'hon* à son ami *J.-B. Parent,* peintre à la manufacture de Sèvres.

M. E. Marcille a acquis à la vente Boffremont le dessin qui est la première pensée de ce tableau.

H., 45 c.; l., 34 c.

ROUSSEAU (TH.)

31. — Paysage ; effet de matin.

H., 16 c.; L., 22 c.

ROUSSEAU (TH.)

32. — Le Mont Saint-Michel.

H., 20 c.; L., 33 c.

SWERTCHKOW

33. — Voyageurs russes.

N° 2025 du Salon de 1865.

H., 42 c.; L., 59 c.

TROYON

34. — Sous bois.

Vente Troyon.

H., 46 c.; L., 56 c.

ZIEM

35. — La Corne d'or ; Constantinople.

H., 38 c.; L., 63 c.

DESSINS

BIDA

36. — Marchand turc.

CHAPLIN

37. — Baigneuses ; aquarelle.

CHAPLIN

38. — Baigneurs ; crayon rouge.

CHARLET

39. — Souvenirs ; mine de plomb.

COGNIET (L.)

40. — Moine de la Rédemption; sépia.

COURDOHAN

41. — Un Parc; sépia.

DAUMIER

42. — Camille Desmoulins au Palais-Royal.

DAVID (L.)

43. — Le Moulin; aquarelle.

DELAROCHE (PAUL)

44. — La mort du Titien; mine de plomb.

DUMARESQ (A.)

45. — Le Repos; aquarelle.

DUMOULIN-DARCY

46. — Le Lavoir; aquarelle.

FLERS

47. — Pâturage; aquarelle.

FLERS

48. — Village en Normandie; aquarelle.

FIELDING (N.)

49. — Canards; aquarelle.

GAVARNI

50. — Bergère d'Écosse.

GAVARNI

51. — Le Titi.

GLEYRES

52. — Tête de saint Jean; étude.

GUDIN

53. — Charles X et le duc de Berri; aquarelle.

HILLEMACHER

54. — Jeunes paysans romains.

INGRES

56. — Sujet religieux; mine de plomb.

INGRES

57. — Portrait de l'architecte Hautbourt; mine de
plomb.

ISABEY

58. — Escalier de parc avec seigneurs sous Louis XIII;
aquarelle.

ISABEY

59. — Marine ; marée basse ; aquarelle.

OUVRIÉ (J.)

60. — Village en Alsace.

MASSART

61. — L'Enfant Jésus et saint Jean ; crayon noir re-
haussé.

LAMY (E.)

62. — Épisode du siége d'Anvers ; aquarelles.

LEPRINCE (X.)

63. — Deux pendants ; aquarelle.

MILLET (J.-B.)

64. — Une ferme en Creteil ; aquarelle.

MILLET (J.-B.)

65. — Environs de Barbizon; aquarelle.

PILS (J.)

66. — Éducation militaire; aquarelle.

PILS (J.)

67. — Train d'artillerie; aquarelle.

RAFFET

68. — Moine prêchant.

RAFFET

69. — La fille de Cromwell priant son père de conserver le portrait de Charles Ier.

RAFFET

70. — Le corps de Charles le Téméraire retrouvé après la bataille de Nancy.

REDOUTÉ

71. — Fleurs.

TOPFER

72. — L'Exercice ; aquarelle.

VEYRASSAT

73. — Le Retour des champs.

ZIEM

74. — Le Grand-Canal de Venise ; aquarelle.

PARIS. — J. CLAYE, IMPRIMEUR, 7, RUE SAINT-BENOIT. — [181]